AF196518

Tucholsky   Wagner   Zola   Scott   Sydow   Schlegel
   Turgenev   Wallace   Fonatne   Freud
      Twain   Walther von der Vogelweide   Fouqué   Friedrich II. von Preußen
                  Weber   Freiligrath
Fechner   Weiße Rose   von Fallersleben Kant   Ernst   Frey
       Fichte   Richthofen   Frommel
           Engels   Fielding   Hölderlin
   Fehrs   Faber   Flaubert   Eichendorff   Tacitus   Dumas
              Maximilian I. von Habsburg Fock   Eliasberg   Ebner Eschenbach
   Feuerbach   Eliot   Zweig
                      Ewald   Vergil
           Goethe   Elisabeth von Österreich   London
Mendelssohn   Balzac   Shakespeare   Dostojewski   Ganghofer
       Trackl   Lichtenberg   Rathenau   Doyle   Gjellerup
   Mommsen   Stevenson   Tolstoi   Hambruch
       Thoma   Lenz   Hanrieder   Droste-Hülshoff
Dach   Verne   von Arnim   Hägele   Hauff   Humboldt
      Reuter   Rousseau   Hagen   Hauptmann
   Karrillon   Garschin   Gautier
        Damaschke   Defoe   Hebbel   Baudelaire
                      Descartes   Hegel   Kussmaul Herder
Wolfram von Eschenbach   Dickens   Schopenhauer   Rilke   George
   Bronner   Darwin   Melville   Grimm Jerome   Bebel
      Campe   Horváth   Aristoteles   Proust
Bismarck   Vigny   Barlach Voltaire   Federer   Herodot
              Gengenbach   Heine
Storm   Casanova   Tersteegen   Gilm   Grillparzer   Georgy
         Chamberlain   Lessing   Langbein   Gryphius
Brentano   Lafontaine
   Strachwitz   Claudius   Schiller   Kralik   Iffland Sokrates
        Katharina II. von Rußland   Bellamy   Schilling
                          Gerstäcker   Raabe   Gibbon   Tschechow
Löns   Hesse   Hoffmann   Gogol   Wilde   Gleim   Vulpius
Luther   Heym   Hofmannsthal   Klee Hölty   Morgenstern
   Roth   Heyse   Klopstock   Kleist   Goedicke
Luxemburg   La Roche   Puschkin   Homer   Mörike
   Machiavelli   Horaz   Musil
Navarra Aurel   Musset   Kierkegaard   Kraft   Kraus
   Nestroy Marie de France Lamprecht Kind   Kirchhoff Hugo   Moltke
                          Laotse   Ipsen   Liebknecht
   Nietzsche   Nansen   Ringelnatz
      von Ossietzky Marx   Lassalle Gorki   Klett   Leibniz
           May   vom Stein Lawrence   Irving
Petalozzi   Knigge
     Platon   Pückler Michelangelo   Kafka
   Sachs   Poe   Liebermann   Kock
      de Sade Praetorius   Mistral   Zetkin   Korolenko

Der Verlag tradition aus Hamburg veröffentlicht in der Reihe **TREDITION CLASSICS** Werke aus mehr als zwei Jahrtausenden. Diese waren zu einem Großteil vergriffen oder nur noch antiquarisch erhältlich.

Symbolfigur für **TREDITION CLASSICS** ist Johannes Gutenberg (1400 — 1468), der Erfinder des Buchdrucks mit Metalllettern und der Druckerpresse.

Mit der Buchreihe **TREDITION CLASSICS** verfolgt tradition das Ziel, tausende Klassiker der Weltliteratur verschiedener Sprachen wieder als gedruckte Bücher aufzulegen – und das weltweit!

Die Buchreihe dient zur Bewahrung der Literatur und Förderung der Kultur. Sie trägt so dazu bei, dass viele tausend Werke nicht in Vergessenheit geraten.

Die Republik der Thiere

Eduard Bauernfeld

Impressum

Autor: Eduard Bauernfeld
Umschlagkonzept: toepferschumann, Berlin

Verlag: tradition GmbH, Hamburg
ISBN: 978-3-8424-8845-8
Printed in Germany

Text der Originalausgabe

Bauernfeld.

Die Republik der Thiere.

(Im April 1848.)

Wien, 1872.
Wilhelm Braumüller
k. k. Hof- und Universitätsbuchhändler.

Erste Scene.

Panther. Tiger. Junger Leopard. Hyäne und andere vom hohen Adel im Gespräche.

Panther. Ich sag' Euch, man glaubt nicht mehr an uns. Wenn ich aufrichtig reden soll – mir ist nicht ganz wohl in meiner adeligen Haut.

Tiger. Schäme Dich! Du sprichst wie ein Hasenfuß. Wenn wir zusammen halten, wer soll uns etwas anhaben?

Panther. Wer? Das Volk.

Tiger. Die Schafe, die Schöpfe, die Käfer, die Ameisen?

Panther. Es sind ihrer Viele, und Denker darunter.

Tiger. Ich verachte sie aus Herzensgrund.

Junger Leopard*(naiv)*. Mein Gott! Das thun wir Alle, wenn wir unter uns sind.

Panther. Leider sind wir so weit herunter gekommen, daß wir vor der Welt liberal thun müssen.

Tiger. Ich nicht. Meine Unterthanen fürchten mich wie den Teufel. Und ich liebe sie – zum Fressen.

Hyäne*(grinsend)*. Zum Fressen – ich auch.

Panther. Sprecht nicht so frivol und hört mich an. Der König wird nachgerade alt und schwach.

Tiger. Man merkt's! Er regiert so gut wie gar nicht.

Panther. Der Fuchs bewacht die Schwelle Sr. Majestät.

Tiger. Ich kann den Kerl nicht ausstehen – er schnappt uns immer die besten Bissen weg.

Hyäne*(sperrt den Rachen auf)*. Es wäre ein gutes Werk, ihn zu verschlingen. Ich verspüre ohnehin einen riesenmäßigen Appetit.

Panther. Kommt Zeit, kommt Rath! Ich wittere was von einem Volksaufstande. Möge unser Todfeind das Bad ausgießen! Wenn Ihr mir folgen wollt, so ziehen wir uns einstweilen auf unsere Schlösser zurück.

Tiger. Meinetwegen! Ich bin's zufrieden.

Panther. So kommt Alle, kommt!

Hyäne *(brummend)*. Wenn ich nur erst mein zweites Frühstück im Leibe hätte! *(Alle ab.)*

Zweite Scene.

(*Bureau.*)

Polizeidirector Ochse. Polizeidiener Windspiel.

Windspiel. Eure Oxcellenz –

Ochse. Was gibt's?

Windspiel. Gehorsamst zu melden: draußen auf der Hasenheide findet eine große Volksversammlung Statt.

Ochse. Eine Volksversammlung? Das ist ja verboten.

Windspiel. Eben d'rum! Ich bitte um Instruction.

Ochse. Was Instruction! Steckt sie in's Loch!

Windspiel. Die ganze Volksversammlung?

Ochse. Meinetwegen das ganze Volk.

Windspiel. Das wird schwer halten. Wir haben nicht Polizei-mannschaft genug.

Ochse. So packt die Rädelsführer beim Kopf, die Uebrigen wer-den sich dann verlaufen.

Windspiel. Es ist ein kitzlicher Auftrag – die Leute sind äußerst schwierig.

Ochse. Auf einmal? Was will denn das Volk? Es war immer so ruhig. Unsere Residenz hatte den besten Ruf im ganzen cultivirten Europa. Führt ihnen zu Gemüthe, daß sie sich um ihren guten Na-men bringen, wenn sie eine Rebellion anfangen.

Windspiel. Wenn's nur was hilft! Unruhen sind jetzt Modesache. Die ganze Welt ist versessen darauf.

Ochse. Da schlage das Donnerwetter d'rein! Aber ich kann's noch nicht recht glauben. Die Thierwelt hatte von jeher Respect vor uns. Sind wir nicht die Polizei? Im Nothfall werd' ich mich selbst dem Volke zeigen. Geht einstweilen voraus, und nehmt Mannschaft mit, so viel Ihr auftreiben könnt.

Windspiel. Sehr wohl, Eure Oxcellenz! Wenn's nur was hilft! *(Eilig ab.)*

Ochse*(kopfschüttelnd)*. Ich verstehe die Welt nicht mehr. *(Ab zur anderen Seite.)*

Dritte Scene.

(*Volksversammlung. Toben und Geschrei.*)

Einzelne Polizeimänner stehen verwundert an ihre Stöcke gelehnt.

Mehrere aus dem Volke. Wir sind Bürger – Staatsbürger – das soll man nicht vergessen – –

Alle. Ja, wir sind Bürger, Staatsbürger –

Einer. Wir zahlen unsere Steuern – wir erhalten den Staat.

Alle*(jubelnd).* Ja, wir erhalten den Staat! Es lebe der Staat! Es leben die Staatsbürger!

Ein Propagandist*(mit lauter Stimme).* Aber keine Steuern mehr!

Alle*(jubelnd).* Nein, keine Steuern mehr!

Propagandist*(noch lauter).* Keine Gesetze mehr!

Volk*(jubelnd, wie oben).* Nein, keine Gesetze mehr!

Propagandist*(wirft den Hut in die Höhe).* Ueberhaupt gar nichts mehr!

Volk*(jubelnd, thut ihm nach).* Nein, gar nichts mehr! Rein gar nichts!

Propagandist. Nichts als Freiheit und Gleichheit!

Volk. Freiheit und Gleichheit! Juchhe! *(Sie umarmen sich.)*

Zaunkönig*(nach einiger Maßen gestilltem Sturm, mit Sanftmuth).* Ich bitte um's Wort.

Einer. Was säuselt, was zwitschert denn da?

Ein Anderer. Haben Sie geniest?

Zaunkönig*(verschämt).* Nein – ich habe um's Wort gebeten.

Der Vorige. Wer sind Sie denn?

Zaunkönig. Ich bin der Zaunkönig.

Propagandist*(drängt sich vor).* Wir brauchen keinen König.

Volk. Nein, wir brauchen keinen König!

Ein Gemäßigter. Das heißt: wir haben schon den uns'rigen.

Propagandist. Ja vor der Hand. *(Alles lacht.)*

Der Gemäßigte*(zu einem Zweiten)*. Es herrscht ein schlimmer Geist in dieser Volksversammlung,

Der Andere*(nimmt bedächtig eine Prise)*. Ja wohl.

Der Erste. Am besten, wir ziehen uns zurück.

Der Zweite. Das mein' ich auch. *(Sie gehen ab.)*

Fleischerhund*(mit lauter Stimme)*. Meine Herren, jetzt werde ich sprechen. *(Er springt auf eine Erhöhung.)* Ich bin ein Volksmann!

Alle*(applaudirend)*. Bravo!

Fleischerhund. Ich bin *aus* dem Volke, *für* das Volk, *durch* das Volk – jeder Zoll ein Volk – betrachten Sie mein zottiges Fell, meine starken Zähne, meine tüchtigen Knochen – Sie können sich keinen besseren Volksvertreter wünschen als mich. Ich bin ein Hund – ich läugne es nicht – und ich bin stolz darauf, ein Hund zu sein.

Alle*(wie oben)*. Bravo!

Ein kleiner Spitz. Ich bin auch ein Hund – ein Volkshund, wie Sie.

Fleischerhund. Zugestanden!

Spitz. Ich spreche im Namen meiner Committenten, der Spitze, Möpse, Bologneser, Dachshündchen – Ihr großen Hunde dürft uns kleinere und schwächere Geschöpfe nicht mehr beißen.

Fleischerhund. Das versteht sich von selbst. Seit Freiheit und Gleichheit herrscht, wird nicht mehr gebissen.

Alle. Bravo!

Fleischerhund. Wir werden künftig nur unseren Unterdrückern die Zähne weisen.

Alle. So ist's recht.

Fleischerhund. Vor Allem den Wölfen –

Alle*(tumultuarisch)*. Nieder mit den Wölfen!

Fleischerhund. Und den Bären –

Alle*(wie oben).* Nieder mit den Bären!

Fleischerhund. Und den Füchsen –

Alle. Nieder mit den Füchsen! *(Großer Tumult.)*

Hirsch*(drängt sich vor).* Meine Herren, wenn Sie erlauben –

Mehrere. Was will denn der mit seinen schönen Geweihen?

Andere. Es ist ein Adeliger, ein Aristokrat –

Viele. Nieder mit den Aristokraten!

Hirsch. Verzeihen Sie, meine Herren, ich und mein Vetter hier, das edle Pferd, wir sind allerdings vom Adel, aber vom niederen, vom Verdienst-Adel – wir sind gedrückt, wie Sie. Im Uebrigen, wenn Sie mein adeliges Geweih genirt, so bin ich bereit, es im nächsten Frühjahre abzuwerfen.

Mehrere. Das ist brav!

Widder. Auch ich lege das meinige auf den Altar des Vaterlandes.

Viele. Schön!

Ein Esel. Was sollen wir mit Euren Geweihen? Die machen uns nicht satt.

Pferd. Wenn der Boden erst frei ist, werdet Ihr Speise genug finden – aber ich weiß wohl, es gibt geheime Fleischfresser unter Euch, die sich nur in die Maske der Freiheit hüllen, und dabei im Stillen das Mark und Blut ihrer Brüder verzehren.

Hunde, Katzen und Andere. Was schwatzt der Haberkäuer, der Grasschlucker, der Sittenprediger?

Viele Andere. Werft ihn hinaus!

Alle. Hinaus mit ihm! Hinaus! *(Großes Getümmel.)*

Windspiel*(mit Polizeimannschaft tritt auf).* Was gibt's da? He?

Viele*(fliehend).* Die Polizei!

Windspiel. Ruhe ist die erste Hundepflicht! Wollt Ihr auseinander gehen?

Fleischerhund*(stellt sich ihm drohend entgegen).* Nein!

Viele Andere(*applaudirend*). Bravo!

Windspiel(*droht mit dem Stocke*). Was? Ihr widersetzt Euch der Polizei? *(Zu seinen Gefährten.)* Angepackt!

Fleischerhund. Laßt Euch rathen und trollt Euch! Ihr seid die Minderzahl.

Windspiel. Aber wir sind die Polizei!

Fleischerhund. Desto schlimmer für Euch! – Auf, Kameraden! Folgt mir Alle an den Hof, zu dem Herrn König – wir wollen ihm ein Wort in's Ohr sagen.

Alle(*durcheinander*). Ja, an den Hof! Freiheit und Gleichheit! Keine Steuern! Keine Gesetze! Keine Polizei! *(Alle ab bis auf das Windspiel und die Mannschaft.)*

Windspiel(*nach einer Pause*). Der Platz ist gesäubert – ich habe meinen Auftrag erfüllt. *(Zu der Mannschaft.)* Besetzt alle Ausgänge – laßt Niemanden herein!

Einer. Sehr wohl, Herr Gefreiter.

Windspiel(*nachdenkend*). Wir hätten aber den kecken Schreihals doch eigentlich arretiren sollen.

Einer von der Wache. Halt! Wer da?

Ochse(*auftretend*). Esel! Kennt Ihr Euern Herrn nicht mehr?

Windspiel. Se. Oxcellenz!

Ochse. Nun, wie steht's? Das ist die Hasenheide – aber ich sehe keine Volksversammlung.

Windspiel. Sie sind eben Alle fort.

Ochse. Alle fort! Warum hat Er sie nicht arretirt?

Windspiel. Es war unmöglich, Euer Gnaden – es waren ihrer zu viele – wohl an die Hunderttausend.

Ochse. Hunderttausend? So! – Dann ist's gut, daß sie fort sind. – Komm' Er mit mir, hier in die Wachstube – ich will ihm nur geschwinde den Bericht über den heutigen Vorfall in die Feder dictiren. Schreib' er! *(Geht auf und ab und dictirt.)* »Hohes Ministerium! Einige Mißvergnügte und Ruhestörer haben sich heute Morgens zusammengerottet, allein ihre verbrecherischen Umtriebe scheiterten an dem gesunden Sinne des Volkes. Eine geringe Polizeimannschaft genügte, um den Pöbel auseinander zu jagen. Die Verhaftung der Rädelsführer, die dem gehorsamst Unterzeichneten sehr wohl bekannt sind – –« *(Spricht dazwischen.)* Unter Andern – kennt Er sie?

Windspiel. Eigentlich nicht.

Ochse. Na, ich auch nicht – aber schadet nichts! Schreib' er nur. *(Dictirt.)* »– sehr wohl bekannt sind, wird im Laufe des Tages vorgenommen werden. Der gutgesinnte Theil der Bevölkerung entfernte sich unter dem Rufe: Es lebe der König! Gegenwärtig erfreut sich die Stadt der vollkommensten Ruhe.« *(Spricht dazwischen.)* Hat Er die Ruhe? *(Dictirend.)* »Ruhe. Eines hohen Ministeriums treu ergebenster Ochse, Hofrath und Polizeidirektor.« – Das Amtssiegel darunter. So – jetzt schnell fort damit. Die Herren oben sind ein Bischen ängstlich – man darf ihnen den Teufel nicht an die Wand malen. – Leb' Er wohl, mein lieber Windspiel. Wir bleiben Ihm in Gnaden gewogen. *(Ab.)*

Windspiel*(allein, schüttelt die Ohren)*. Mir scheint, unser Reich hier geht nach und nach zu Ende. *(Ab.)*

Vierte Scene.

(*Am Hofe.*)

Zwei Affen (als Kammerherren stehen und gähnen). Minister Fuchs (mit dem Portefeuille tritt auf).

Fuchs. Guten Morgen, meine Herren! Sie haben doch Niemanden vorgelassen?

Erster Affe. Niemand, Excellenz, als den Herrn Leibmedicus, Regierungsrath Kranich –

Zweiter Affe. Und den Herrn Hofprediger Dachs.

Fuchs. Recht. – Wie befindet sich der König?

Erster Affe. Ganz erträglich. Seine Majestät geruhen eben zu frühstücken.

Zweiter Affe*(mit Wichtigkeit).* Homöopathische Chocolate – und zwar mit dem besten Appetit.

Erster Affe. Se. Majestät geruhten sich zu äußern, die Chocolate sei vortrefflich.

Zweiter Affe. Verzeihen Sie, Baron! Se. Majestät bedienten sich des Ausdruckes: excellent.

Erster Affe. Excellent? Mag sein! Ich will nicht streiten.

Zweiter Affe. Da kommt Se. Majestät!

König Leo*(auf die Schultern des Obersthofmeisters Einhorn gestützt, tritt auf. Die beiden Affen ziehen sich ehrerbietig zurück).*

Fuchs. Majestät –

König. Nun, Graf? Was Neues?

Fuchs. Nichts von Belang, Sire.

König. Sie bringen Arbeiten mit? Sie sehen, ich bin etwas matt.

Fuchs. Eure Majestät brauchen sich nicht zu bemühen. Alles geht ohnehin auf's Beste. Handel und Gewerbe blühen, der Credit hebt sich von Tag zu Tag, Kunst und Wissenschaft stehen im Flor – das Volk ist zufrieden.

König. Das ist ja schön! – Aber man erzählte mir von einem Auflauf?

Fuchs. Es ist nicht von Belang. *(Ueberreicht dem König den Polizeibericht.)* Lesen Sie, Sire.

König*(liest).* »Gegenwärtig erfreut sich die Stadt der vollkommensten Ruhe.« *(Getümmel von Außen.)* Was für ein Lärm? Was soll das?

Erster Affe*(erschrocken hereinstürzend).* Majestät, ein entsetzlicher Volksauflauf vor der Hofburg –

König. Wie? Also doch?

Fuchs. Es ist nichts, wie gesagt – übrigens das Militär ist consignirt. *(Zum zweiten Affen, der eben eintritt.)* Was bringen Sie Gutes, Baron?

Zweiter Affe. Gutes, Excellenz? Ich kann nur versichern, daß wir förmlich belagert sind – von hunderttausend – von Millionen –

Fuchs. Sie übertreiben! Beruhigen Sie sich, Majestät, ohne Zweifel ein Mißverständniß –

König. So gehen Sie hinaus und sehen, was es eigentlich ist.

Fuchs. Ich will nur zuerst ein wenig an's Fenster treten. *(Er lorgnirt über's Fenster und zieht zugleich ein Schnupftuch aus der Tasche, welches er hinausschwenkt. Man hört eine Gewehrsalve.)*

Die beiden Affen. Heiliger Jesus, sie schießen! Sauve qui peut!*(Sie laufen davon. Von Außen wiederholtes Schießen und Geheul.)*

König*(zum Minister).* Sie haben schießen lassen? Auf mein Volk?

Fuchs. Es gab kein anderes Mittel.

König. Mein Volk! Mein armes Volk!

Kammerdiener Bock*(tritt zitternd auf).* Retten Sie sich, Majestät! Die Leute belagern uns – sie haben sich bereits einiger Kanonen bemächtigt.

König. Ich dachte, die Stadt erfreue sich der vollkommensten Ruhe – nun, Herr Minister! Wo ist er denn?

Bock. Se. Excellenz haben sich aus dem Staube gemacht – Sie kennen hier alle Schliche, und uns lassen Sie in der Patsche. *(Lärmen und Schießen wie oben.)* Hören Sie's, Majestät? Die Kerl's brechen ein – mein Leben ist bedroht – heißt das, unser Leben – – Ihr Leben – denken Sie an die königlichen Prinzen!

König. Meine Kinder! Meine Kinder! *(Er stürzt ab.)*

Obersthofmeister Einhorn. Majestät, nehmen Sie mich mit, Ihren Obersthofmeister – *(Er trippelt ihm nach.)*

Bock*(allein).* Das Ding kommt immer näher – der Lärm wird immer gräßlicher – was soll ich thun? Wenn sie mich erschlagen – aber warum sollten sie? Ich bin ja nichts als ein armer Bedienter – gewissermaßen auch ein Mann aus dem Volk. Freilich hab' ich bei Hofe gedient – das kann man einem armen Teufel nicht anrechnen. *(Immer ängstlicher.)* Nein, gewiß, sie werden mich nicht erschlagen! – 's ist aber ein Höllenlärm! – *(Läuft auf und ab.)* Wenn ich nur meinem spitzbübischen Vetter die Lieferungen nicht verschafft hätte – wenn dies das Volk erfährt – kann ich aber dafür, daß mein Vetter das Aerar betrogen hat! Ich war immer ein ehrlicher Mann – *(Fällt auf die Knie.)* Und ein frommer Mann – – *(Betend.)* Unser Vater – Vater unser, der du bist im Himmel – – *(Springt wieder auf.)* O Gott! Wenn ich nur nicht auch in den Himmel komme! Die Erde ist so schön! – Nun kommen sie herauf – wohin flücht' ich mich? O wär' ich in einer stillen Hütte, mitten im Walde! Wenn ich auch nichts zu beißen und zu brocken hätte – gar nichts! – Auf offenem Meere müßt' es auch nicht übel sein – ein kleiner Sturm sollte mich gar nicht geniren – oder in einem brennenden Hause – man kann gerettet werden – oder man springt über's Fenster – man bricht höchstens ein Bein – oder ein paar – aber hier gilt's den Hals – weh, sie kommen! – sie kommen von allen Seiten. *(Rennt herum.)* Dort ist der König – dort ist's am Schlimmsten – nirgends ein Ausweg! Wir haben Sommer – am besten, ich krieche in den Kamin. *(Versteckt sich.)*

Volk*(dringt von allen Seiten mit großem Geschrei herein).*

Fleischerhund. Vivat! Wir haben gesiegt! Es lebe die Republik! *(Er pflanzt eine rothe Fahne auf.)*

Alle. Es lebe die Republik!

Bulldogg. Nun wollen wir's uns bequem machen. Hier sind ganz hübsche Teppiche – da wollen wir uns hin lagern. – Ist nichts zu essen da? He? Bediente! Kammerdiener!

Bock *(springt aus dem Kamin heraus)* Was befehlen Euer Gnaden?

Alle *(jubelnd).* Ein Hofbedienter in Livree! Juchhe!

Fleischerhund. Schaff' uns zu essen, Kerl – bediene das souveräne Volk.

Bock. Im Augenblick – die Küche ist hier nebenan. Machen Sie sich's bequem, meine Herrschaften, ich bin gleich wieder da. *(Im Abgehen.)* Das geht ja weit besser als ich dachte. *(Springt fort.)*

Fleischerhund. Ein recht dienstfertiger Hallunke!

Mops. Der Bursche ist mir bekannt. Ich weiß eine schlechte Handlung von ihm.

Fleischerhund. So? Da müssen wir ihn bestrafen – denn in einer Republik darf es nur lauter tugendhafte Leute geben.

Mops. Das Beste, wir hängen ihn auf, hier gleich neben der Freiheitsfahne, daß die Leute sehen, wir halten auf Moral.

Bulldogg. Laßt mich die Execution vornehmen; aber erst muß er uns zu essen bringen.

Mops. Traut ihm nicht! So ein Schuft ist im Stande, die Speisen zu vergiften.

Fleischerhund. Das ist ja ein verfluchter Spitzbube! Aber das wollen wir gleich sehen, denn da kommt er schon.

Bock *(kommt zurück mit Schüsseln).* So, meine Herrschaften! Langen Sie zu! Lassen Sie sich's schmecken!

Fleischerhund. Meinst Du? Koste Du zuerst.

Bock. Verzeihen Sie! Ich esse kein Fleisch.

Fleischerhund. Nicht? Besonders, wenn Gift dabei ist, wie?

Bock. Ich verstehe Sie nicht.

Mops. Du wirst uns gleich verstehen. Dein Vetter war Hof-Lieferant, nicht wahr?

Bock*(erschrocken)*. Herr je –

Mops. Deine Ränke haben mich um das Geschäft gebracht – nimm jetzt den Lohn dafür. *(Zum Bulldogg.)* Da ist ein Strick, Bruder!

Bulldogg. Du sollst meine Geschicklichkeit bewundern, Bruder. Komm' nur, mein Sohn! *(Packt den Bock.)*

Bock*(sich sträubend)*. Meine Herrschaften –

Bulldogg. Genug! *(Er knüpft ihn auf.)* Der ist abgethan.

Mops. Gut! Jetzt wollen wir zu Tische gehen. *(Er fällt gierig über die Schüssel her.)*

Fleischerhund. Wenn's aber Gift ist!

Mops*(fressend)*. Dummes Zeug. Wo hätten sie denn das so geschwind hernehmen sollen? Im Uebrigen vertrau' ich auf meinen guten Magen. *(Er ißt gierig.)* Es lebe die Republik!

Bulldogg. Laß uns nur auch was übrig. *(Sie essen.)*

Fünfte Scene.

(*Volksconvent im Thronsaale.*)

Wiedehopf(*als Volks-Herold*). Das souveräne Volk hat also die Republik beschlossen.

Alle. Bravo!

Wiedehopf. Aber eine tugendhafte, friedliche, keineswegs aggressive Republik, keine stehenden Heere, keine Propaganda, nichts als lauter Eintracht und Brüderlichkeit.

Alle(*umarmen sich*). Eintracht und Brüderlichkeit! So ist's recht!

Wiedehopf. Nur vollkommen reine und tugendhafte Charaktere sollen uns in Zukunft beherrschen. (*Beifall.*) Darum ist die poetisch-philosophische Nachtigall einstimmig zum Volks-Premier ernannt worden. (*Ungeheurer Beifall.*)

Nachtigall(*fliegt auf die Tribune*). Meine Brüder! Ein göttliches Gefühl durchströmt mich, da ich die Idee der wahren Freiheit durch Euch verwirklicht sehe. Ich möchte Jubellieder singen – aber ich singe fürder nicht mehr. (*Mit einem stillen Seufzer.*) Ich lege meine Lyra für immer nieder und widme mich den Staatsgeschäften. Von nun an ist der Staat zugleich die höchste Poesie. Millionen vereinigt zu einer einzigen herrlichsten Harmonie– das ist mein ganzes politisches Programm. Seid Ihr damit zufrieden?

Alle. Ja, ja! Wir verlangen uns nichts Besseres.

Schmetterling. Citoyens! Der Wille des Volkes hat mich zum Minister der Arbeiten ernannt. (*Beifall.*) Organisation der Arbeit ist meine Devise. (*Gesteigerter Beifall.*) Ich lade sämmtliche Arbeiter ein, sich morgen Früh in dem ehemaligen Straf- und Zwangs-Arbeitshase zu versammeln, welches nunmehr in eine freie Staats- und National-Arbeits-Akademie umgewandelt werden soll. Ihr müßt aber aus Liebe arbeiten, die Andern werden Euch Eure Produkte aus Liebe abkaufen. Ihr habt Antheil an der Arbeit und am Capital – Ihr seid von heute an lauter Capitalisten.

Alle. Hurrah!

Goldkäfer. Brüder Bürger! Ich habe die leichteste und dankbarste Arbeit unter Euch – ich bin Finanz-Minister! – *(Beifall.)* Das System, das ich befolgen will, ist in zwei Worten mitgetheilt. Ich hebe erstens alle Abgaben und Steuern für ewige Zeiten auf. *(Donnernder, und nicht enden wollender Beifall.)* Womit aber, werdet Ihr fragen, willst du die Staatsausgaben bestreiten? – *(Erwartungsvolle Stille.)* Diese werden unter Brüdern zwar äußerst gering sein – da man aber doch bisweilen Geld braucht, so habe ich ein äußerst einfaches Mittel ersonnen, um uns immer das Nothwendige zu verschaffen. Seht hier diese großen Seckel, die ich habe anfertigen lassen. Ich werde Staats-Seckelträger ernennen, welche täglich in allen Haupt- und Nebenstraßen sammeln gehen. Die Wohlhabenden und Reichen werden im Namen der Brüderlichkeit gebeten, ihr Schärflein in die Seckel zu legen; die Filial-Seckel fließen in den Central- und Haupt-Staats-Seckel, der in meiner Hand bleibt; die Bedürftigen und Armen werden daraus betheilt, – so wird in Kurzem und durch allmälige Uebergänge ein merkwürdiges Gleichgewicht des Besitzes eingeführt sein. Seht, Kinder, das ist mein ganzes finanzielles Geheimniß. *(Großer Jubel.)*

Frosch. Ich bin Minister des Unterrichts. Mein System ist einfach dieses: Wer etwas lernen will, der lerne – wer nicht will, der laß' es bleiben. Wer aber nichts gelernt hat, der bekommt keine Anstellung. Punctum! *(Allgemeine Heiterkeit.)*

Hase. Meine Herren –

Das Volk. Bürger sind wir.

Hase. Also, meine Bürger! Ich bin Kriegsminister. Da die ganze Welt in Zukunft in Frieden leben wird, so ist mein Amt eigentlich eine Sinecure. *(Beifall.)* Ich nehme auch keine Bezahlung dafür an. *(Beifall.)* Uebrigens werden aus dem Central-Staatssceckel Waffen angeschafft, die sich ein Jeder holen und sich nach Herzenslust damit vertheidigen kann. Braucht ihr einen General, so ruft mich – ich werde immer bereit sein. Es lebe die Republik!

Alle. Es lebe die Republik!

König*(mit den Prinzen tritt aus einer Tapetenthür).* Kennt Ihr mich?

Alle. Der König!

Einige. Nieder mit ihm!

Mehrere. Nieder mit ihm!

Nachtigall(*mit den Ministern stellt sich schützend vor den König*). Halt, meine Brüder! Im Namen des Gesetzes! Das Ministerium schützt den Bruder Ex-König.

Viele. Bravo!

König. Ich brauche keinen Schutz. Hier bin ich – tödtet mich! Ein König ohne Volk ist nichts, ein Unding.

Nachtigall. D'rum werdet mehr: ein freier Bürger!

König. Ich?!

Nachtigall. Vergeßt die Krone, die Ihr trugt!

König. Vergißt Sich eine Krone? – Nachtigall, Du bist Ein Dichter – kannst die Lieder Du vergessen? Kannst Du den Quell in Deinem Busen hindern, Zu sprudeln frisch und hell?

Nachtigall. Ich kann's – ich will's!

König. Dann stirbst Du an der Hemmung – glaube mir. Gott schafft die Könige, so wie die Dichter; Das Große und das Hohe stammt von Gott, Und wer es in sich fühlt, der theilt der Menge Von seinem süßen Ueberflusse mit, Wie Moses, Christus oder Mohamet. Wer edel ist und stark, der zieht die Masse Zu sich hinauf; ein Guter, der ihr fröhnt, Verfällt den unterirdischen Dämonen. – Verblendete! Ihr wollt kein Königthum? Verderbt denn an dem Volksthum, das Ihr schuft! Zum Anfang tödtet mich und meine Söhne! (*Allgemeines Schweigen.*) Seid Ihr zu feige, wie? Ich aber sag' Euch, Ich will als König sterben, nicht als Bürger, D'rum tödtet mich! Ist keiner, der mich tödtet? So will ich selbst – (*Will sein Schwert ziehen.*)

Nachtigall(*fällt ihm in den Arm*). Halt, hoher Herr!

König(*lachend, stößt das Schwert wieder in die Scheide*). Hoher Herr! Hörst Du es, Volk? Der Poet da nennt mich hoher Herr. Die Ehrfurcht für das Hohe liegt ihm im Blut – er ist noch nicht durch und durch republikanisirt – das seid Ihr Alle nicht – Alle nicht – Ihr bildet's Euch nur ein. Laßt die Welt noch um ein hundert Jährchen älter werden, dann wollen wir von einer Republik sprechen – wie? –

Liebe Kinder, seid gut, seid klug – laßt mich noch ein Weilchen Euren König sein. Seht, wie lange kann ich's machen? Ich bin alt und schwach – aber ich bin ein König – ich will es sein – ich muß es sein – ich habe nichts Anderes gelernt. Mein Geist beginnt zu schwärmen – hopsa!

Einer*(halblaut)*. Ich glaube, er wird verrückt.

Nachtigall*(bittend)*. Schont seinen Schmerz. Er war immer ein redlicher Mann. *(Zum König.)* Kommt, Herr –

König. Nenne mich Majestät!

Nachtigall. Nun denn, Majestät, wenn's nicht anders ist.

König. So ist's recht! Majestät – nun ist mir wieder wohl. Ich hülle mich in meine Majestät, wie in einen weichen warmen Mantel. – Gebt mir meine Krone und mein Scepter.

Nachtigall. Da, lieber Herr! *(Gibt ihm den Hut und Stock.)*

König*(betrachtet den Hut)*. Eine Krone von Filz – eine filzige Krone! Schadet nicht! Wenn's nur eine Krone ist. *(Zu den Prinzen.)* Kommt, Kinder, jetzt wollen wir in den Staatsrath gehen. Wo ist mein Hofmarschall?

Nachtigall. Da ist er schon! *(Zum Pudel.)* Führ' ihn fort – begleite ihn, schütze ihn –

Pudel*(wischt sich eine Thräne aus dem Auge)*. Das hatt' ich mir längst vorgenommen. – Kommt, Majestät!

König. Majestät! Ja, Majestät! – Leb' wohl, mein treues Volk! *(Er geht mit stolzen Schritten ab. Der Pudel mit den Prinzen folgt ihm.)*

Nachtigall*(nach einer Pause)*. Die Sitzung ist aufgehoben. *(Für sich.)* Tausend schmerzlich-süße Lieder klingen mir durch die Brust – aber ich darf ja nicht singen. Ich will mich in einen stillen Hain flüchten, um mich nach Herzenslust auszuweinen. *(Ab.)*

Zeisig. Was ist's nur mit unserm Premier? Er machte ein ganz betrübtes Gesicht.

Gimpel. Ich traue dem Manne nicht recht. Ueberhaupt – die Luft riecht ein Bischen nach Reaction.

Schaf. Da soll ja das Donnerwetter – – Na, wenn's nur mit dem Staatsseckel seine Richtigkeit hat, aus dem wir Proletarier unterstützt werden sollen.

Viele Käfer, Schmeißfliegen und andere Insecten. Das möcht' ich den Herren gerathen haben, sonst fangen wir im Augenblick eine neue Revolution an.

Wiedehopf*(als Herold).* Die Minister sind nach Hause gegangen – souveränes Volk, thu' desgleichen und geh' schlafen. *(Sie zerstreuen sich.)*

Sechste Scene.

(Straße.)

Zwei alt-liberale Hähne begegnen sich.

Erster Hahn*(traurig krähend)*. Kikeriki! Na, was sagen Sie zu der Geschichte?

Zweiter Hahn. Es ist entsetzlich! Eine Republik! Wer hätte das gedacht? Wissen Sie noch – vor vierzehn Tagen – wie wir so begeistert von der Freiheit sprachen?

Erster Hahn. Freilich, freilich! Ihr schöner Kamm stieg Ihnen kerzengrade in die Höhe, und Sie krähten so munter, so angenehm, Sie scharrten so kühn, so kriegsmuthig in den Sand –

Zweiter Hahn. Ganz wie Sie. Aber damals galt es den Sturz unsers Todfeindes Fuchs. Wir dachten uns nach seinem Untergange ein ganz mäßiges und bequemes Freiheitchen zu verschaffen – da haben wir's jetzt! Wir sind ärgere Sclaven als je. Wissen Sie's denn? Die Republik hat uns das Krähen verboten.

Erster Hahn. Welche entsetzliche Tyrannei!

Zweiter Hahn. Wer kräht und einen Kamm trägt, gilt für einen Aristokraten. Auch die Spornen rechnet man uns für ein Verbrechen an.

Erster Hahn. Die Spornen! Wenn das meine Frau erfährt! Sie legt ohnehin seit acht Tagen aus Schmerz keine Eier mehr.

Zweiter Hahn. Und was das Allerschlimmste ist – Sie wissen, ich bewohnte einen herrlichen, hoch aufgethürmten feudalen Misthaufen, das Erbgut meiner Väter –

Erster Hahn. Wie oft beneidete ich Sie um dies prächtige Fideicommiß! Das meinige ist weit bescheidener.

Zweiter Hahn. Wenn ich so droben stand auf der Spitze des Misthaufens und im Morgengrauen der anbrechenden Sonne mit heller Stimme entgegenkrähte, da fühlt' ich mich so froh, so frei, da empfand ich tief, was es heißt, der Sohn großer Väter zu sein. Und wenn ich in dem Haufen scharrte, um die Körner heraus zu kratzen, die meine Weiber aufpickten, da hatt' ich nichts dagegen, wenn auch geringeres Volk, wie die Tauben und Sperlinge, sich von unserm Spargut nährten. Leben und leben lassen – das war von jeher mein Grundsatz.

Erster Hahn. Ich denke ganz wie Sie.

Zweiter Hahn. Nun denn, dieser prachtvolle Dominical-Besitz – man hat mich seiner beraubt.

Erster Hahn. Was sagen Sie?

Zweiter Hahn. Die Republik hat den Misthaufen zum allgemeinen Besten, wie sie's nennen, eingezogen, ohne mich auch nur im Geringsten dafür zu entschädigen.

Erster Hahn*(dem der Kamm steigt)*. So? Und was geschieht denn mit *meinem* Misthaufen?

Zweiter Hahn. Er wird das Loos aller übrigen theilen.

Erster Hahn*(zornig krähend und mit den Füßen scharrend)*. Kikeriki! Das wollen wir sehen!

Zweiter Hahn. Mäßigen Sie sich, mein Bester! Das Krähen ist verboten –

Erster Hahn. Was kümmert's mich! Kikeriki! Zu den Waffen! Führt alle Hahnen-Völker in's Gefecht! Die Krone, der Misthaufen ist entwendet! Frei muß er sein, noch eh' der Tag sich endet! Kikeriki! Kikeriki! *(Laut krähend ab.)*

Zweiter Hahn. Der Unbesonnene! Er wird sich noch um seinen Hals krähen! *(Ab.)*

Siebente Scene.

(*Zeitungs-Bureau.*)

Fleischerhund*(geht auf und ab, zornig)*. Die Minister müssen fallen – so – oder so!

Bulldogg*(schreibend)*. Sei nur ruhig! Mein Artikel, der sie stürzen soll, ist schon fertig. Soll ich ihn dir vorlesen?

Fleischerhund. Laß hören!

Bulldogg*(liest)*. »Volk! Du bist verrathen! Deine Minister sind Schwachköpfe und geheime Aristokraten. Sie haben den König entwischen lassen, sie haben sich des Staatsseckels bemächtigt, sie arbeiten der Reaction in die Hand. Wer hat sie zu Ministern gemacht? Eine kleine Fraction, nicht der Wille der Nation. Wir protestiren im Namen des freien Volkes gegen die erschlichene Wahl und decretiren: Die Minister sind in Anklagestand versetzt. Wenn sie sich bis morgen nicht rechtfertigen, so verfallen sie der Volks-Justiz. Allein sie können sich nicht rechtfertigen – d'rum nieder mit ihnen! Wir kennen unerschrockene Männer, die es auf sich nehmen, Dich, freies Volk, von den Verräthern zu befreien. Bulldogg.« – Na, was sagst Du?

Fleischerhund. Nicht übel – aber zu schwach!

Bulldogg. Ich weiß nicht, was man noch Stärkeres sagen könnte.

Fleischerhund. Man soll gar nichts sagen.– man soll sie aufhängen.

Bulldogg. Mir auch recht. Dann treten wir in's Ministerium.

Fleischerhund. Wir und unsere Freunde – das versteht sich.

Bulldogg. Aber den Artikel –

Fleischerhund. Du kannst ihn einstweilen abgehen lassen. Komm' jetzt mit mir in den Volks-Club. Ich will eine Rede halten, die sich gewaschen hat.

Bulldogg. Deine Energie rettet das Vaterland! *(Sie gehen Arm in Arm ab.)*

Achte Scene.

(*In der Provinz.*)

Zebra, Präfect(*am Actentische*). Da trägt mir der Herr Minister auf, Geld zu schaffen. Wie soll ich das anstellen? Jetzt, wo Niemand zahlen will?

Bürger(*stürzen herein*). Bürger Präfect!

Präfect. Guten Morgen, meine Herren! Nun, wie sind Sie mit mir zufrieden?

Bürger. Gar nicht zum Besten.

Präfect. Wie? Thu' ich doch alles Mögliche, Sie zu befriedigen.

Bürger. Ja, aber Sie sind zuletzt doch von Adel.

Präfect. Das ist nun einmal nicht zu ändern. Ich bin der Sohn meines Vaters – das sind wir Alle – mehr oder minder – Sie müssen mir das schon verzeihen.

Bürger. Pah! Wir haben Sie im Verdacht, daß Sie reagiren.

Präfect. Du lieber Himmel! Ich agire blos.

Bürger. Sie müssen vor Allem die Volksbewaffnung einführen.

Präfect. Recht gern, doch fehlt es uns an Waffen.

Bürger. Faule Fische! Pereat der Präfect!

Präfect. Halt, meine Herren! Hier ist meine eigene Waffenkammer. Bedienen Sie sich!

Bürger(*sich bewaffnend*). Vivat der Präfect!

Präfect(*seufzend, für sich*). Meine schönen Jagdflinten! Meine Damascener-Klingen!

Einer. Da sind ja keine Kanonen darunter!

Präfect. Die sind in einer Jagdkammer nicht gebräuchlich. Was wünschen Sie noch?

Die Bürger. Etwas Geld aus dem Staatsseckel.

Präfect. Der ist leider leer – wir sollen ihn sogar füllen helfen, meine Herren –

Bürger. Wir?

Präfect. Heißt das, wenn die Bürgerschaft damit einverstanden ist.

Bürger. Pereat der Präfect!

Präfect. Es kann auch unterbleiben. Hier, nehmen Sie aus meiner Tasche, was ich vermag.

Bürger. Vivat der Präfect! *(Gehen ab.)*

Präfect*(allein).* Gott Lob! Diese Deputation ist befriedigt fortgegangen.

Andere Bürger*(stürzen herein).* Bürger Präfect!

Präfect. Du lieber Himmel! Was gibt's denn schon wieder?

Bürger. Wir wollen Ruhe, Ordnung und Sicherheit haben.

Präfect. Das ist auch mein Wunsch, meine Herren. Ich will Ihnen sogleich hierüber meine Ansichten mittheilen. *(Er hält eine schöne und lange Rede über Ruhe, Ordnung und Sicherheit. Die Bürger ziehen jubelnd ab.)*

Andere Bürger*(kommen).* Bürger Präfect, Sie müssen uns Ihr politisches Glaubensbekenntniß ablegen.

Präfect. Mit dem größten Vergnügen. Aber sagen Sie mir erst das Ihrige, meine Herren. *(Die Bürger sprechen durcheinander, der Präfect gibt einem Jeden Recht, worauf sie abziehen und ihm einen Fackelzug bringen.)*

Präfect*(allein).* Ich glaube im Sinne des Ministeriums zu handeln, wenn ich einem Jeden nach seinem Munde rede. So wird man aus einem Präfecten der Nothwendigkeit ein Präfect des Vertrauens – nur so wird man populär. *(Er geht zufrieden mit sich selbst zu Bette.)*

Neunte Scene.

(Bureau des Ministeriums.)

Nachtigall*(am Schreibtisch).* »Die Guillotine für politische Verbrechen ist abgeschafft.« – So! – *(Zum Secretär.)* Das Decret schnell in die Druckerei! – Wie schlimm, daß man daran denken muß, seinen eigenen Kopf zu salviren – seinen Kopf, der es so ehrlich meint. *(Verfällt in Nachsinnen und fängt in der Zerstreuung zu singen an.)*

> Integer vitae, scelerisque purus –
> Mein Herz ist fromm und rein –
> Was wird mir nur so bang?
> Mein Busen – bitt're Pein!
> Erliegt des Liedes Drang.

(Erschrocken.) Ich glaube, ich habe Verse gemacht. – Hat mir's der alte König nicht geweissagt? »Du stirbst an der Hemmung.« – Doch frisch an die Arbeit! Mein Manifest ist nur halb fertig. *(Schreibt).* »Wir bringen der ganzen Welt die Freiheit und den Frieden, durch Brüderlichkeit, nicht durch Gewalt, durch Liebe, nicht durch Zwang.«

Secretär*(eilig).* Bürger Minister, rette Dich! Ein wilder Volkshaufen stürmt gegen Dein Hotel heran!

Nachtigall*(gelassen).* Laß sie nur! Wenn sie mich tödten, was ist's denn viel?

Secretär. Sprich nicht so kleinmüthig! An Dir hängt das Wohl des Landes.

Nachtigall. Nun gut! Ich will ihnen entgegentreten und sie freimüthig anreden. Noch hab' ich die Gabe der Rede nicht verloren. Das Wort ist stärker als das Schwert.

Secretär. Wie lange noch? Mir bangt um Dich.

Nachtigall. Sei ohne Sorge! Meine Stunde ist noch nicht gekommen. *(Ab.)*

Secretär. Ein großer Mann! Ein weiser Mann! Ein edler Mann! Und doch genügt er ihnen nicht. Was will denn die Welt? *(Ab.)*

Zehnte Scene.

(Straße.)

Ein betrunkener Elephant*(torkelt herein).*

Mücke*(tritt ihm entgegen).* Bürger, folge mir!

Elephant*(mit schwerer Zunge).* Wohin denn?

Mücke. Auf's Wachhaus. Ich muß Dich arretiren.

Elephant*(betrachtet sie erstaunt).* Du, Kleiner? I, warum denn?

Mücke. Weil Du betrunken bist, weil Du auf öffentlicher Straße herumtaumelst. – Du beleidigst die Sittlichkeit.

Elephant. Sittlichkeit? Nun seh' mal Einer den winzigen Knirps! Geh' mir aus dem Wege! Sonst schluck' ich Dich wider Willen ein, wenn ich Athem hole.

Mücke*(tritt ihm in den Weg).* Achtung vor dem Gesetz! Folge mir!

Viele*(hinzutretend).* Achtung vor dem Gesetz!

Elephant. Nun, meinetwegen! Ich will mich arretiren lassen, wenn's nicht anders ist. – Unser Eins muß ein Beispiel geben. – *(Er rülpst.)* Was geschieht mir denn auf der Wachstube?

Mücke. Du zahlst eine Geldbuße und erhältst einen Verweis.

Elephant. Schnackisch genug! – Nun so geh' nur voraus, Du Embryo von einem Republikaner! Oder weißt Du was, setz' Dich auf meinen Rüssel, so kommst Du bequemer fort.

Mücke. Wenn Du erlaubst –

Elephant. Potz Mäuschen! Kitzle mich nicht! *(Im Abgehen.)* Vive la République!

Alle. Vive la République! *(Sie zerstreuen sich.)*

Ein fetter Hamster*(welcher der Scene zugeschaut, behaglich eine Cigarre schmauchend).* Ne, aber das muß man sagen, so eine Republik ist doch was Hübsches! Die Ordnung, der Gehorsam! Läßt sich das große Best von der kleinen Bagatelle da, mir nichts dir nichts, auf die Wache führen. 's war ordentlich rührend! Wenn's nur auch immer so bleibt. – Nur ein Bischen theuer ist's geworden – und die Cigarren sind darum um gar nichts besser. Zum Glück hab' ich alle meine Papiere längst gegen Gold eingewechselt. Freilich fehlen mir jetzt die Zinsen – na, es wird schon wieder besser werden – ich kann's abwarten.

Staats-Einnehmer*(klingelt mit dem Beutel).* Wenn's gefällig wäre, Bürger –

Hamster. Na, was denn, Bürger? Was soll denn der Klingelbeutel?

Einnehmer. Wir bitten um die freiwillige Abgabe.

Hamster. Ich hab' erst gestern gegeben.

Einnehmer. Aber heute noch nicht.

Hamster*(gedehnt).* Also alle Tage?

Einnehmer. Das versteht sich. Der Staat ist auch alle Tage.

Hamster. Das ist freilich wahr. *(Gibt ihm Geld.)* Also da!

Einnehmer. Silber?

Hamster. Drei Franks. Ist das nicht genug? Man zapft mich von allen Seiten an. Meint Ihr, daß uns Partikuliers die Louisd'ors auf der flachen Hand wachsen?

Einnehmer. Für heute mag's hingehen, Bürger – aber wir werden Dich gelegentlich abschätzen lassen. *(Ab.)*

Hamster*(allein).* So? Danke schön. Ich bin unschätzbar! Das sind ja wahre Blutsauger! Man darf sich gar nicht mehr auf der Straße vor ihnen sehen lassen – und in die Häuser kommen sie leider auch.

Kellerratte*(eilig, stößt an ihn an).* Um Vergebung! Haben Sie Feuer?

Hamster*(gibt ihm die Cigarre).* Ja hier.

Kellerratte. Danke schön. *(Steckt die Cigarre in's Maul, und eilt damit fort.)*

Hamster*(verblüfft).* Na, das ist denn doch – wenn das Republik ist – *(Steckt eine andere Cigarre an.)* Nun wird's mir bald zu viel! Und das war eine von den besten Cabanna's – für das ungewaschene

Maul! (*Fühlt an die Tasche.*) Potz Blitz! Der schmutzige Kerl hat mir obendrein meine Börse gestohlen. Zum Glück war blos Silber darin – das Gold trag' ich hier in der Brusttasche. – Was krabbelt denn da wieder herum? Die ganze Straße wird lebendig – ganz schwarz – wie übersät –

Ein Heer von Spinnen(*zieht in bester Ordnung auf, Nationalgarden dazwischen*).

Anführer der Spinnen(*sehr artig*). Bürger, wir sind die Arbeiter, die Spinner.

Hamster. Freut mich! Freut mich!

Spinne. Hier sind schöne, feine Gespunste zum Verkauf.

Hamster. Danke sehr – brauche nichts!

Spinne. Ueber die Brust getragen, hält das hübsch warm.

Hamster. Trage nie dergleichen. Uebrigens hab' ich einen tüchtigen Ueberrock, wie Ihr seht.

Spinne. Vielleicht Deine Gemahlin –

Hamster. Nein, Gottlob! ich habe keine.

Spinne. Hast Du vielleicht heute schon gekauft? Kannst Du Dich mit einem Scheine ausweisen?

Hamster. Mit einen Scheine?

Spinne. Hier ist ein Verkaufs-Schein, vom Minister contrasignirt, hier ist die Waare. Du weißt ja, jeder wohlhabende Bürger muß uns täglich abkaufen.

Hamster. Ei? Das ist ja eine äußerst geistreiche Erfindung.

Spinne. Es ist, um die Industrie und den Handel zu beleben. Wir bitten um die Bezahlung.

Hamster. Bin nicht im Stande! Eine verwünschte Kellerratte hat mir so eben meinen Geldbeutel gestohlen.

Spinne. Die Polizei wird ihr auf die Spur kommen. Du hast also kein Geld bei Dir?

Hamster(*schlägt an die Seitentasche*). Nicht das Geringste.

Spinne. Aber Du trägst da eine hübsche Busennadel, was eigentlich verboten ist. Wir wollen einen Tausch machen. Nimm das Gespunst dafür –

Hamster. Halt! Die Nadel ist ein zartes Souvenir – verstanden? *(Greift in die Brusttasche.)* Nehmt in's Himmels Namen hier den Louisd'or – 's ist mein letzter.

Spinne. Wir danken, Bürger. *(Sie ziehen weiter.)*

Hamster(*allein, nach einer Pause*). Nun fehlt nur noch, daß Einer kommt und das Fell von meinem Leibe begehrt. Da mag der Henker länger im Lande bleiben! Ich wand're aus – nach Amerika! Dort haben sie freilich auch eine Republik, aber seit lange her – darum ist sie auch schon weit vernünftiger eingerichtet. Ich mag gerne, was fertig ist – ich bin für keine Versuche, ich! Die Brustnadel will ich nur gleich verstecken, sonst findet sich noch ein Liebhaber. Und was soll ich nur mit den dummen Spinnweben anfangen? Ein Louisd'or für Spinneweben! – Und das soll Freiheit und Gleichheit sein. *(Geht brummend ab.)*

Eilfte Scene.

(*Offener Platz.*)

Nachtigall(*wird von dem Volk im Triumph auf den Schultern getragen*).

Volk. Es lebe unser Minister Nachtigall! Nieder mit seinen Feinden! Nieder mit den großen Hunden und Bulldoggs!

Nachtigall. Meine Freunde, hört mich an! Ich habe mich vor Euch gerechtfertigt und Ihr seid mit meiner Staatsleitung zufrieden. Der süßeste Lohn meiner Mühen, meiner schlaflosen Nächte ist: Euch glücklich zu wissen, und Ihr sollt es werden.

Volk. Bravo!

Nachtigall. Allein Ihr könnt es nur werden, wenn Ihr Eure eigenen Leidenschaften bezähmt. Ich habe Feinde – ich kenne sie – aber ich verzeihe ihnen. Sie werden zur Einsicht kommen, daß *ich* ihr Bestes will, wie Euer Aller. Sie sind bethört, schonet ihrer. Kein Blut soll fließen um meinetwillen.

Viele. Kein Blut! Nein, kein Blut! Alle. Es lebe die Nachtigall!

Einer. Es lebe also auch der Bulldogg!

Alle(*lachend*). Der Spitzbube! Er lebe! (*Sie ziehen fort.*)

Fleischerhund(*kommt aus einem Versteck, zum Bulldogg*). Nun, was sagst Du? Der heuchlerische Bursche hat zu unsern Gunsten gesprochen.

Bulldogg. Es soll ihm nichts helfen. Ich habe einen anderen Plan, wie wir ihn verderben. Ich kann einmal diese verfluchte Ordnung und Ruhe nicht ausstehen, die er aufrecht erhalten will. Komm', daß wir uns mit unsern Freunden und Anhängern besprechen. (*Beide ab.*)

Zwölfte Scene.

(*Höhle.*)

Panther, Tiger und die Andern vom hohen Adel (kauern im Winkel und saugen an den Pfoten).

Panther(*nach einer Pause*). Vetter –

Tiger(*mürrisch*). Was gibt's?

Panther. Wie lange sollen wir hier unthätig liegen?

Tiger. Was für eine Art von Thätigkeit bleibt uns denn übrig? Hofft Ihr etwa auf Restauration? Unsere Burgen und Schlösser haben sie alle niedergebrannt – dem Pöbel gehört jetzt die Welt.

Panther. Ja wohl! 's ist ein Jammer!

Tiger. Ich will nur ruhig hier liegen bleiben, und das Ende aller Dinge abwarten. Einmal muß das Leben doch aufhören. – Was macht denn die Hyäne? Sie spricht ja kein Wort. Bist Du verreckt, Vetter?

Hyäne(*wimmernd*). Mich hungert! –

Tiger(*lachend*). Mich auch. Aber wir dürfen uns nicht in den Wald wagen, um unsere gewohnte Speise zu suchen. Zehntausend Hornissen haben geschworen, uns augenblicklich mit ihren vergifteten Lanzen niederzustechen. Wir werden uns schließlich noch einander auffressen müssen, wenn uns die Kraft dazu übrig bleibt.

Ein Unbekannter(*in einen großen Mantel gehüllt, tritt auf*) Guten Abend, Ihr Herren. Darf ein Wanderer, der sich verirrt hat, hier ein Obdach suchen? Es ist furchtbares Wetter draußen.

Panther. So? Da sind wohl keine Hornisse zu sehen?

Unbekannter. Doch, doch! Es sitzen ihrer viele Tausende unter dem großen Felsen, gleich vor der Höhle. Sie sind da im Trockenen.

Panther(*gedehnt*). Das ist ja schön! – Legt Euren Mantel ab, macht Euch's bequem!

Tiger. Ihr könnt auch zu Abend essen, wenn Ihr was mitgebracht habt.

Unbekannter. Das versteht sich. Ich reise nie ohne Proviant. *(Zieht Wildpret unter dem Mantel hervor.)*

Tiger*(schnuppernd).* Was duftet denn da so fein?

Unbekannter. Es ist Rehbraten – äußerst zart. Ich speise sonst auch Schöpsen gerne – aber der Arzt hat mir's verboten, da ich unlängst eine kleine Krankheit gemacht. *(Zieht Messer und Gabel hervor und zerlegt den Braten).* Ich will nur sehen, ob's auch recht mürbe ist. *(Kostend.)* Delicat – äußerst delicat!

Hyäne*(mit schwacher Stimme).* Mir scheint, da ißt Einer.

Unbekannter*(mit vollem Munde).* Ich bin so frei.

Panther. Herr, wenn Sie ein Herz im Leibe haben, so theilen Sie uns etwas mit, denn wir verhungern schier.

Unbekannter. Warum sagten Sie das nicht gleich? Hier ist Messer und Gabel. Schneiden Sie sich Jeder ein tüchtig Stück herunter. Für mich sind noch ein paar Tauben übrig.

Tiger*(gierig).* Wir brauchen keine Messer. Geben Sie her!

(Die Thiere fallen über den Braten her und verschlingen ihn unter Gebrüll.)

Unbekannter. Herr Je! Ist das ein Appetit! – Aber die Stimmen sollt' ich kennen! Verzeihen Sie, es ist so dunkel in Ihrer Wohnung. – Sind Sie nicht der Herzog Panther?

Panther. Aufzuwarten.

Unbekannter. Und Sie der Fürst Tiger? Wenn Euer Durchlaucht noch Hunger haben, ich mache mir eine Ehre daraus, meine Tauben – ja, wo sind sie denn?

Hyäne*(hohnlachend).* In meinem Magen – und schon längst verdaut.

Unbekannter*(lachend).* An diesem Zug erkenn' ich die Hyäne. So bin ich ja unter lauter guten Freunden! Ei, das freut mich!

Panther. Freunde, sagen Sie? Sie sind wahrhaftig unser Freund, denn Sie haben uns vom Hungertode gerettet. Herr, wer sind Sie denn, wenn Sie nicht ein Engel vom Himmel sind?

Unbekannter. Zum Engel hab ich's bisher noch nicht bringen können. Ich bin ein ganz gewöhnlicher Sterblicher. Betrachten Sie mich einmal in der Nähe und ohne diese Verkleidung – *(Er läßt den Mantel fallen.)* Euere Durchlauchten haben scharfe Augen und sehen im Dunklen. Erkennen Sie mich?

Panther. Es ist der Fuchs.

Alle *(erstaunt)*. In der That! Graf Fuchs!

Fuchs. Ihr gehorsamster Diener.

Hyäne *(freudig grinsend)*. Sehr erfreut, Herr Graf! Haben Sie vielleicht noch ein paar Tauben mitgebracht?

Fuchs. Vor der Hand nicht. Mein Vorrath ist zu Ende. Aber ohne Sorge. Ich schaffe neuen. – Schön, daß ich Sie hier Alle bei einander finde. Ich habe Ihnen wichtige Neuigkeiten mitzutheilen. Vor Allem sehen Sie mich als Ihren wahren Freund und Verbündeten an. Es war zwar früher ein kleines Mißverständniß zwischen uns –

Panther. Reden wir nicht davon.

Tiger *(umarmt den Fuchs)*. In dieser Umarmung sei jeder Zwiespalt vergessen.

Fuchs. Euere Hoheit drücken ein Bischen stark – Sie vergessen meine zarte Constitution.

Junger Leopard. Sagen Sie uns doch, wie Sie durch die verwünschten Hornissen kamen.

Fuchs. Ich habe mir einen Reisepaß vom Minister-Staatssecretär der Republik zu verschaffen gewußt, der im Nothfalle für uns Alle aushelfen kann.

Panther. Für uns Alle?

Fuchs. Aufrichtig, ich kam nicht ohne Grund in diese bescheidene Wohnung, da ich erfuhr, daß sich Euere Hoheiten hier verborgen hielten. Wenn ich mir erlauben darf, Ihnen als Führer zu dienen –

Panther. Mit Vergnügen. Sie denken an Alles. Aber wie geht's in der Hauptstadt zu?

Fuchs. D'runter und d'rüber. Das Philosophen-Regiment liegt in den letzten Zügen – die Patrioten gerathen sich einander schon in die Haare. Es wird höchste Zeit, dem Zustande der Anarchie dort ein Ende zu machen.

Panther*(forschend)*. Wie wollen Sie das anstellen?

Fuchs*(verneigt sich)*. Das ist mein Geheimniß.

Panther. Sie waren auf Reisen, wie es scheint? *(Leise.)* Haben Sie vielleicht fremde Hilfe angerufen?

Fuchs. Euere Hoheit wissen, ich bin nie ohne geheime Connexionen. – Aber ich darf nicht aus der Schule schwatzen. – Wenn Sie sich reisefertig machen wollen –

Panther. Unser Gepäck wird uns nicht geniren.

Tiger. Wir sind fix und fertig.

Hyäne. Nur unmenschlich hung'rig.

Fuchs. So folgen Sie mir!

Panther*(leise zum Fuchs)*. Wenn's zur Restauration kommen sollte – vergessen Sie mich nicht. *(Fuchs verneigt sich schweigend.)* Sie verstehen mich – *(Drückt ihm die Pfote.)* Ich werde Ihrer eingedenk sein.

Fuchs*(schlau für sich)*. Ich hoffe, daß Du das wirst. – Ist's gefällig? *(Alle ab.)*

Dreizehnte Scene.

(Bürger-Ressource.)

Maikäfer*(im Journal lesend).* »Bürgerblatt für die niedere Thierwelt!« – Nein, was die Zeitungen jetzt für eine Sprache führen! So ganz und gar ungenirt!

Hirschkäfer*(mit Weisheit).* Wissen Sie, das ist die Preßfreiheit.

Maikäfer. Alles recht! Aber da läßt Einer drucken, daß unser bisheriger Bürgermeister nichts taugte.

Hirschkäfer. Freilich nicht! Darum ist er auch abgesetzt worden.

Maikäfer. So? Gesetzt aber, er taugte doch?

Hirschkäfer. Sehen Sie, dann wär's ein Preßvergehen.

Maikäfer. Nun ja! Es wäre mir aber doch fatal, wenn Einer über mich so etwas drucken ließe.

Hirschkäfer. Das muß sich ein Jeder gefallen lassen. Uebrigens der Mann von tadellosem Lebenswandel hat dabei nichts zu besorgen! Dort kommt meine Frau. Ich muß ihr entgegengehen. *(Ab.)*

Maikäfer*(sieht ihm nach).* Er ist freilich tadellos! – Aber die Frau! Armer Hörndler! wenn die Presse einmal über die kommt! *(Liest behaglich weiter.)*

Biber*(in einer Gruppe).* Wir sind gewiß fleißige Leute.

Amelse. Und praktisch dabei.

Biber. Das mein' ich eben. Was haltet Ihr von dieser neuerfundenen Organisation der Arbeit?

Biene. Daß sie uns Alle zu Grunde richten wird.

Biber. Das ist auch meine Ansicht. 's ist eine pure Schwärmerei.

Libelle*(hinzuflatternd).* Alles Neue gilt für Schwärmerei und richtet anfangs einige Privilegirte zu Grunde. So mit der Organisation der Arbeit. Es fragt sich nur, ob ein echter Lebenskeim darin verborgen liege – und ich behaupte: ja! – was auch die Philister dagegen einwenden mögen. Das Neue ist eben neu – wenn's alt geworden ist, begreift's ein Jeder. In Jahren wird sich's zeigen, daß ich recht habe. Adieu, meine Herren! *(Flattert weiter).*

Biber. Wer ist denn der junge Herr? Er sieht nicht wie ein Arbeiter aus.

Ameise. Er schwärmte sonst immer gern auf dem Lande herum – auch an den süßen Wassern und Seen – seit Kurzem ist er, glaub' ich, im Ministerium angestellt.

Biber. Sie suchen jetzt lauter solche Windbeutel hervor. An den rechten Männern fehlt's überall. Aber wir tüchtige Leute in unsern Fächern wollen wenigstens zusammenhalten. *(Sie sprechen weiter.)*

Ein Maulwurf*(zu einem Adler).* Wie geht's, Herr College? Was macht die Philosophie? Ist's noch immer die beste Welt?

Adler. Besser als je.

Maulwurf. Wirklich? Dann sehen Sie weiter als ich.

Adler. Das hoff' ich.

Maulwurf. 's ist nur der Unterschied, daß Sie in den Wolken droben studiren und ich auf der Erde – unter der Erde – wohin wir Alle kommen, wo wir Alle bleiben. Es ist einmal unser Planet.

Adler. Zugestanden. Aber gehören die Wolken, die Atmosphäre nicht auch dazu?

Maulwurf. Die sind mir zu luftig; ich halte mich an's Solide. – Soll ich Ihnen sagen, wie Alles kommen wird? Die Republik wird sich nicht halten. Die Leute werden sich gegenseitig zu Grunde richten – ein Bürgerkrieg, ein allgemeines Blutbad – darauf ein Tyrann, ein militärischer Despot – das wird das Ende vom Liede sein.

Adler. Und was weiter?

Maulwurf. Was weiter? Nichts weiter! Dann ist's aus – denn fängt's wieder von vorne an. Die Geschichte ist ein ewiger Kreislauf.

Adler. Besonders für die Maulwürfe.

Maulwurf. Nun, und was erspäht denn Ihr Adlerblick so gar extra Schönes?

Adler. Die Idee – den Geist.

Maulwurf. Ich nenn's die Materie.

Adler. Sie ist der Stoff, das Kleid, das immer wechselt, immer weicher, feiner, reiner wird.

Maulwurf. An meinem Felle spür' ich keine Aenderung. – Sie glauben also an den Fortbestand dieser improvisirten Republik?

Adler. Ich sehe ihre kommende Nothwendigkeit.

Maulwurf. Und was geschieht mit dem Königthum?

Adler. Es hat noch Respect-Tage oder Jahre.

Maulwurf. So? Und das Volk?

Adler. Wird ein Ganzes werden, wenn's an der Zeit ist.

Maulwurf. Gratulire! Wir sprechen uns noch.

Adler *(fliegt aufwärts)*. Vielleicht!

Maulwurf *(blinzelt ihm nach)*. Ich möchte nicht fliegen und wenn ich gleich Flügel hätte. Ein vernünftiger Kopf muß davon schwindlich werden. *(Er kriecht unter die Erde.)*

Vierzehnte Scene.

(Bauernhof im Walde.)

Bauer. Feldmaus. Bäuerin. Pudel und die Prinzen (in Trauer) treten auf.

Pudel. Nehmt nochmals meinen Dank, liebe Leute, daß Ihr dem alten Mann mit seinen Söhnen eine Zuflucht und ein Obdach gönnen wolltet – und jetzt zum Schluß eine Grabesstätte.

Bauer. Ist gerne geschehen. Sagen Sie doch, es war wohl ein vornehmer Herr, der Alte?

Pudel. Woraus schließt Ihr das?

Bauer. Er machte so grimmig feurige Augen und schüttelte seine Mähnen so gewaltig. Auch hatte er eine Stimme – hu! mich schauerte völlig, wenn er mich anredete.

Pudel. Auf Euch, Naturkinder, macht das noch Eindruck, aber draußen in der Welt gilt es längst nichts mehr, seit sie die Republik eingeführt.

Bäuerin. Die Republik? Was ist denn das?

Bauer. Vermuthlich eine neue Steuer.

Pudel. Das heißt, sie haben unsern König abgesetzt.

Bäuerin. Was? Unsern guten König? Und das ist die Republik?

Bauer. Dummes Zeug! So ein König läßt sich wohl gleich absetzen! Und wenn auch – wir Bauern setzen ihn wieder ein.

Pudel. Ihr irrt! Die Bauern sind mit der Republik einverstanden. Sie ziehen im ganzen Lande herum und sengen und brennen die Schlösser ihrer Herren nieder.

Bauer*(gedehnt).* Die Bauern? So! hörst Du's, Alte? Die Bauern!

Pudel. Im Uebrigen – daß ich Euch's nur g'rade heraus sage: der alte Mann, den wir heute ohne Sang und Klang zu Grabe trugen – es war der König.

Die Bauern. Was? der König?

Pudel. Der sein Volk verkannte und den es dafür wieder verkannte. Beide büßten es – der König, wie sein Volk. Nun ist der König todt – aber das Volk stirbt nicht.

Bauer. Was man nicht Alles erlebt! *(Weist auf die Prinzen.)* Das sind also eigentlich junge Könige?

Pudel. Ich glaube schwerlich! *(Zu den Prinzen.)* Ihr thätet wohl, Ihr jungen Herren, bei diesen braven Leuten zu bleiben und Euch dem Feldbau zu widmen.

Die Prinzen*(trotzig)*. Wir wollen nicht – das ist viel zu schmutzig. *(Gehen ab.)*

Bauer. Ne, was das für halsstarrige Rackers sind! Und nicht einmal geweint haben sie um den Herr Papa.

Bäuerin. Es sind halt kleine Prinzen! Die können nicht sein wie andere Kinder.

Bauer. Aber was soll man nun mit ihnen anfangen, da sie kein Königreich kriegen und sonst auch nichts?

Pudel. Ich will mich nach Kräften ihrer annehmen und sie zu guten Bürgern zu bilden suchen; denn die Zeit des wahren Bürgerthums beginnt mit Nächstem, wenn's auch noch Kämpfe setzt bis dahin. Lebt wohl, liebe Leute! Der Himmel wird's Euch lohnen, was Ihr für den alten todten König gethan. *(Ab.)*

Bauer*(zieht den Hut)*. Leben Sie wohl, Herr Baron, oder was Sie sind! – *(Nach einer Pause.)* – Alte –

Bäuerin. Nun?

Bauer. Die Bauern sengen und brennen – hast Du's gehört?

Bäuerin. Was weiter? Was schiert Dich das?

Bauer. Ich meine nur – ich möchte das Ding doch gern ein Bissel mit ansehen.

Bäuerin. Halt's Maul, Hanns Narr, und misch' Dich nicht in die Politik oder Republik, wie sie's nennen, sondern komm' herein zum Abendessen!

Bauer. Wie Du meinst, Alte! Aber ich hätt' für mein Leben gern so ein Schloß brennen sehen. *(Gehen ab.)*

Fünfzehnte Scene.

(Eintrachtsplatz. In der Mitte eine Guillotine. Vieles Volk versammelt.)

Einer. So wird also unser Premier doch hingerichtet? Warum denn?

Zweiter. Ich weiß nicht recht – das Volk will es.

Erster. Das Volk? Na, ich gehöre doch auch zum Volk, will ich meinen – und meinetwegen mag er immer am Leben bleiben.

Ein Dritter*(hinzutretend)*. Was schwatzen die Beiden da?

Erster. Nichts – wir machen nur uns're Bemerkungen.

Dritter. Mir scheint, Ihr habt Mitleid mit dem Nachtigall, mit dem Staatsverräther.

Zweiter. Wir? Ganz und gar nicht.

Erster. Freilich nicht! Aber warum ist er denn eigentlich Staatsverräther?

Dritter. Warum? Weil er den Staat verrathen hat.

Erster. Ach, wenn es so ist –

Dritter. Freilich ist es so! Macht Platz, Ihr Spießbürger! Da kommt der Richtzug. Nieder mit dem Verräther Nachtigall, der das Guillotiniren verboten hat! *(Geht ab.)*

Erster. Ich will's lieber nicht mit ansehen. Geh'n wir nach Hause. Nachbar! Hier ist nicht gut sein. Der arme Nachtigall!

Zweiter. Heute mir – morgen Dir! *(Beide ab.)*

Nachtigall, vom Fleischerhund und Bulldogg begleitet, wird unter die Guillotine geführt.

Fleischerhund*(zur Nachtigall)*. Mach' Dich bereit!

Bulldogg. Hast Du noch was zu sagen?

Nachtigall. Nichts! Ich sterbe unschuldig.

Bulldogg. Das kann Jeder sagen. Strecke Dich nieder. *(Getümmel von Außen.)* Was gibt's denn?

Bote(*eilig auftretend*). Herr, eine unabsehbare Menge von Eisbären und Wallrossen, bis an die Zähne bewaffnet nähern sich dem Platze – sie führen auch Geschütz mit sich –

Fleischerhund. Die Eisbären? Teufel! Wo kommen die her?

Bulldogg. Ohne Zweifel hat sie der Schurke da in's Land gerufen.

Nachtigall(*schlägt die Augen zum Himmel auf*). Ich?!

Volk(*über die Scene laufend*). Rettet Euch! Die ganze Hölle ist los! Sie hauen und schießen uns nieder ohne Barmherzigkeit!

Fleischerhund. So wollen wir ihnen auch die Freude lassen, den da statt unser zu massakriren. (*Zum Bulldogg.*) Komm', Herr Bruder! Ich weiß einen Ort, wo wir sicher sind.

Bulldogg. Ich möchte den ganzen Erdball zerreißen – so ärgerlich bin ich. (*Beide ab.*)

Die Eisbären und die Wallrosse rücken in geschlossenen Colonnen an. Panther, Tiger, Leopard und Hyäne im Nachtrab; auch der Fuchs.

General der Eisbären. Besetzt den Platz! Stoßt Alles nieder, was sich zur Wehre setzt. – Fliehe nicht, Volk! Du bist befreit von der Schreckensregierung – wir sind Deine Retter. Die alte Ordnung kehrt zurück.

Ein voriger Schreckensmann(*schwenkt die Mütze*). Es leben die Herren Eisbären! Es lebe der Herr General!

Volk(*sammelt sich wieder*). Vivat!

General. Was ist das für eine Execution?

Ex-Schreckensmann(*drängt sich zu*). Es ist unser voriger Premier! Befehlen Excellenz, daß wir ihn abthun?

General. Im Gegentheil! Bindet ihn los! (*Spricht leise mit dem Fuchs und wendet sich dann zu Nachtigall.*) Sie sind frei! Ich kenne Sie. Sie sind ein Mann von Talent, waren aber auf falschem Wege. Wenn Sie Ihre Gaben in Zukunft vernünftig anwenden, so wird sich auch die Restauration Ihres Geistes, Ihrer Feder gerne bedienen. Vergessen Sie nicht, daß Sie uns das Leben verdanken!

Nachtigall. Das Leben! Euch? Ich will Euch nichts verdanken! Dem Tod schau' ich in's Auge sonder Wanken, Und wenn er mir

auch tausendfältig droht, Ein Leben, das *Ihr* schenkt, ist bitt'rer als
der Tod! –

Volk, armes Volk, dem ich mich zugewendet,
Das mich zurückstieß, da 's mich nicht verstand,
Zu Deinem Heile glaubt ich mich gesendet,
Zu Deiner Glorie, o Vaterland!
Nun seh' ich's wohl: mein Auge war geblendet,
Ich griff den Zeiten vor mit kühner Hand –
Was gährend lag im Keimen, im Entfalten,
Ich träumte süß, es dauernd zu gestalten.

Doch reut mich nicht der Traum, der holde Wahn,
Ein Vorbild gab ich deß, was kommen werde;
Die Zeit ist noch nicht da, allein im Nah'n,
Wo sich zum Paradies verklärt die Erde;
So folgt mir kühn, eröffnet ist die Bahn –
Folgt mir durch Kampf, durch Trübsal und Beschwerde;
Denn Leid und Tod ist ja nur Uebergang,
Und jeder Mißton wird zum Himmelsklang.

Ihr Wenigen, die meinen Sinn erfassen,
Die Ihr mein Ziel verfolgt mit frohem Muth,
O, lehrt und lenket treu die armen Massen,
Und führt sie mild zu ihrem wahren Gut; –
Mir aber zürnt nicht, daß ich Euch verlassen,
Mein Thun besiegeln muß mit meinem Blut –
Die Kraft, die ich verwandt, war meine beste;
Der Geisteshauch verzehrt, was soll ich mit dem Reste?

(Wie in Verzückung.)

Und nein! Kein Irrthum war's, es war kein Traum,
Was mir geheiliget mein kurzes Leben!
Denn reine Schönheit – o Ihr ahnt sie kaum –
Wird nahe Zukunft Euren Enkeln geben.
Auf's Neue blüht des Daseins gold'ner Baum,
Die Knospen keimen und die Früchte streben!
Gesegnet, wem sie reifen, wer sie pflückt!
Nehmt hin als Pfand dafür – mein Herz zerstückt!

(Entreißt einem der umstehenden einen Dolch und ersticht sich.)

General*(nach einer großen allgemeinen Pause).* Tragt die Leiche weg! *(Für sich.)* Sonderbarer Schwärmer! *(Zum Volk.)* Euer König ist todt und der Erbprinz und sein Bruder sind verschwunden. Bevor die Agnaten die Thronfolge unter sich ausmachen, bedürft Ihr eines mächtigen Armes, eines Dictators, der Euch leite und regiere. *(Er wendet sich zu den Herren in seinem Gefolge.)*

Panther*(tritt vor).* Meinen Sie vielleicht, Herr General, daß ich –

Tiger*(eben so).* Ober ich –?

General*(ohne sich an sie zu kehren, winkt dem Fuchs).* Herr Graf –

Fuchs. Im Augenblick, Herr General. *(Er murmelt einige leise Worte in die Luft.)*

Der Drache*(fährt mit Gepolter auf einer Wolke herunter und speit Feuer).* Da bin ich! Wer ruft mich? Wer braucht mich?

General*(auf das erschrockene Volk weisend).* Diese da. Eure Majestät geruhe, sie einstweilen provisorisch zu beherrschen, doch erlaub' ich mir gehorsamst zu bemerken, daß Strenge nöthig sein wird.

Drache*(schlägt mit den Flügeln, dabei schnaubend und Feuer speiend).* Dafür laßt mich nur sorgen.

General*(auf den Fuchs weisend).* Der treue Mann hier bietet sich an, Eure Majestät mit seinen weisen Rathschlägen zu unterstützen.

Drache. Wir sind ihm in Gnaden gewogen, und verleihen ihm den höllischen Drachenorden erster Classe.

Fuchs*(verneigt sich bis zur Erde und bohrt dem Panther, Tiger u. s. w. einen Esel).*

Panther*(leise).* Der gleißende Schurke hat uns abermals gefoppt.

Tiger. Ich habe mir nichts anderes von ihm erwartet.

Hyäne*(sich mit scheuem Blick von dem Drachen wegwendend).* Vor dem so fürchterlichen Kerl vergeht mir selbst mein sonst so gesunder Appetit.

General. Freue Dich, Volk, und juble Sr. Majestät entgegen!

Volk*(noch immer zitternd).* Vivat! Juchhe! Hurrah!

Drache *(immer Feuer speiend, neigt leise den Kopf)*. Schon gut!

Maulwurf *(unter dem Volk den Adler gewahrend, leise zu ihm)*. Nun, Herr College! Ist's noch die beste Welt? Es ist gekommen, wie ich's vorausgesagt. Die Geschichte ist ein Kreislauf.

Adler. Sie hat ihre Zwischen-Phasen.

Maulwurf. Und was sagen Sie zu dem scheußlichen Drachen?

Adler. Daß er der *Letzte* seines Geschlechtes ist.

Maulwurf. Ich bin schon zufrieden, daß Sie ihn nicht völlig für eine Mythe zu erklären belieben. – Und die dumme Nachtigall, die sich selber umgebracht hat, anstatt in Dienst und Gehalt zu treten! Und das zitternde Volk, das auf Commando Vivat schreit? – Pfui! die ganze Welt ist ein Possenspiel.

Adler. Läst're nicht, Kurzsichtiger! Der Gedanke hat seine Märtyrer. – Die Blume der Freiheit wird aus ihrem quellenden Blut emporsprießen. *(Er fliegt fort.)*

Maulwurf. Nein! Ist das ein incurabler Optimist! – Ich gehe zu meinen Büchern und studire. *(Kriecht ab.)*

*(Kanonen-Salve, **Te Deum**. Illumination.)*

Anmerkung zu »Die Republik der Thiere«.

Im April 1848 in Gratz geschrieben. Der Verfasser, kaum von einer bedeutenden Krankheit zur Noth hergestellt, suchte sich gewissermaßen von der drückenden Gegenwart zu befreien, indem er die Begebenheiten so wie die hervorragenden Persönlichkeiten der letzten Monate in ein phantastisches Spiel aufzulösen bemüht war, in welchem sich zugleich der Einfluß der damaligen Pariser Zustände auf die Wiener Wirren gewissermaßen abgespiegelt. Da sie beiläufig auch die Stimmung jener bewegten Tage wiedergibt, so hielt ich die leichte Skizze der Aufbewahrung werth.

Über tredition

Eigenes Buch veröffentlichen

tredition wurde 2006 in Hamburg gegründet und hat seither mehrere tausend Buchtitel veröffentlicht. Autoren veröffentlichen in wenigen leichten Schritten gedruckte Bücher, e-Books und audio-Books. tredition hat das Ziel, die beste und fairste Veröffentlichungsmöglichkeit für Autoren zu bieten.

tredition wurde mit der Erkenntnis gegründet, dass nur etwa jedes 200. bei Verlagen eingereichte Manuskript veröffentlicht wird. Dabei hat jedes Buch seinen Markt, also seine Leser. tredition sorgt dafür, dass für jedes Buch die Leserschaft auch erreicht wird.

Im einzigartigen Literatur-Netzwerk von tredition bieten zahlreiche Literatur-Partner (das sind Lektoren, Übersetzer, Hörbuchsprecher und Illustratoren) ihre Dienstleistung an, um Manuskripte zu verbessern oder die Vielfalt zu erhöhen. Autoren vereinbaren direkt mit den Literatur-Partnern die Konditionen ihrer Zusammenarbeit und partizipieren gemeinsam am Erfolg des Buches.

Das gesamte Verlagsprogramm von tredition ist bei allen stationären Buchhandlungen und Online-Buchhändlern wie z. B. Amazon erhältlich. e-Books stehen bei den führenden Online-Portalen (z. B. iBookstore von Apple oder Kindle von Amazon) zum Verkauf.

Einfach leicht ein Buch veröffentlichen: **www.tredition.de**

Eigene Buchreihe oder eigenen Verlag gründen

Seit 2009 bietet tredition sein Verlagskonzept auch als sogenanntes "White-Label" an. Das bedeutet, dass andere Unternehmen, Institutionen und Personen risikofrei und unkompliziert selbst zum Herausgeber von Büchern und Buchreihen unter eigener Marke werden können. tredition übernimmt dabei das komplette Herstellungs- und Distributionsrisiko.

Zahlreiche Zeitschriften-, Zeitungs- und Buchverlage, Universitäten, Forschungseinrichtungen u.v.m. nutzen diese Dienstleistung von tredition, um unter eigener Marke ohne Risiko Bücher zu verlegen.

Alle Informationen im Internet: **www.tredition.de/fuer-verlage**

tredition wurde mit mehreren Innovationspreisen ausgezeichnet, u. a. mit dem Webfuture Award und dem Innovationspreis der Buch Digitale.

tredition ist Mitglied im Börsenverein des Deutschen Buchhandels.

Dieses Werk elektronisch lesen

Dieses Werk ist Teil der Gutenberg-DE Edition DVD. Diese enthält das komplette Archiv des Projekt Gutenberg-DE. Die DVD ist im Internet erhältlich auf **http://gutenbergshop.abc.de**

Zeitfracht Medien GmbH
Ferdinand-Jühlke-Straße 7
99095 Erfurt, Deutschland
produktsicherheit@kolibri360.de